U0492273

和小妖怪做好朋友

咻！黏糊糊的墙洞妖

［日］角野荣子·著　［日］秦好史郎·绘　丁丁虫·译

北京联合出版公司

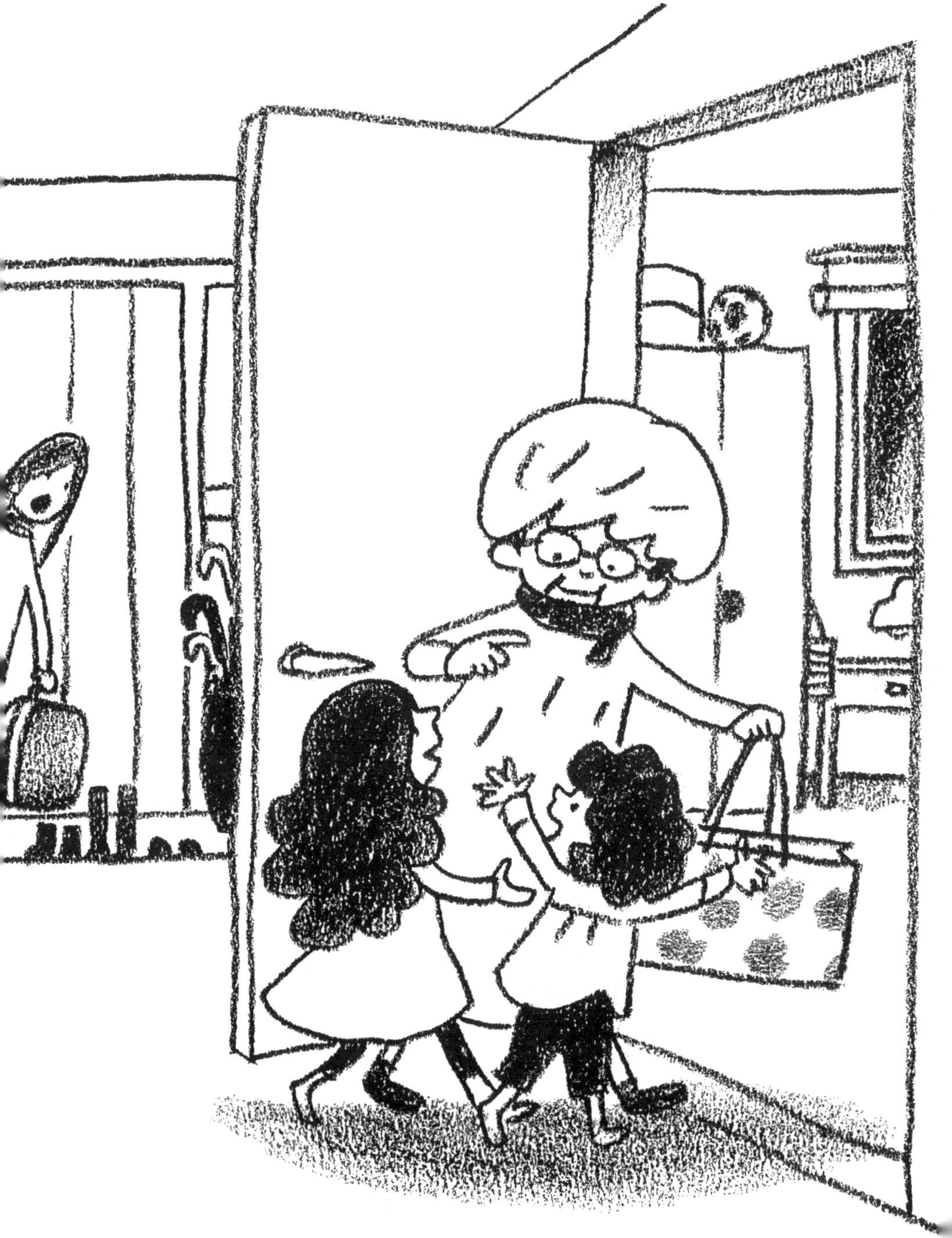

小音和小浩的外婆住在乡下。

她常常会到家里来玩,和他们说各种有趣的妖怪故事。

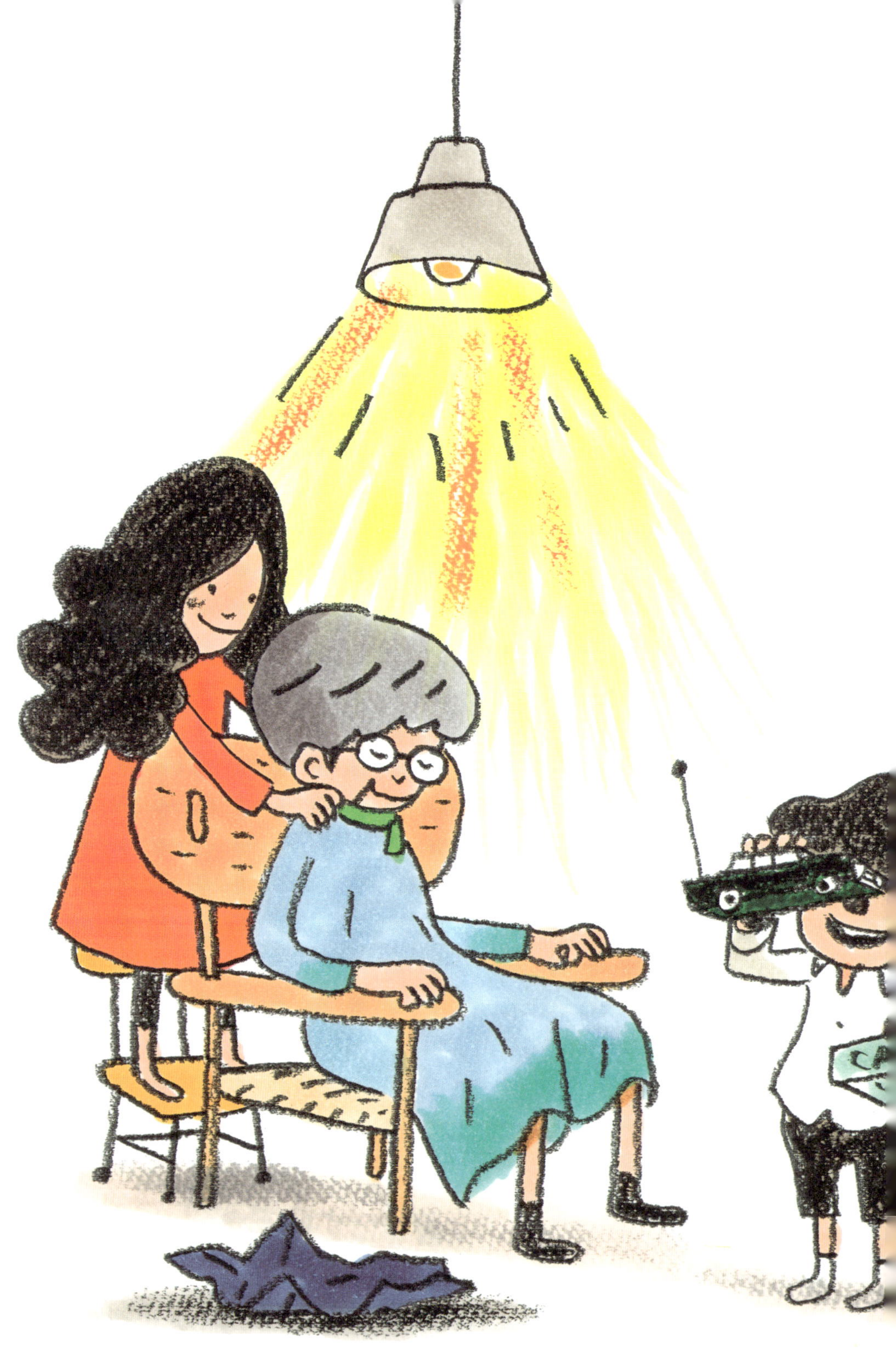

"啊，累死了，累死了。"

外婆一到小音他们的家里，就把头扭来扭去，说，

"肩膀啊，硬邦邦的，又酸又痛。小音，来给我捏几下。"

外婆一边说，一边坐到椅子上。

"好呀。"

小音帮外婆用力捏肩膀。

"啊——好舒服。"

外婆可惬意了。

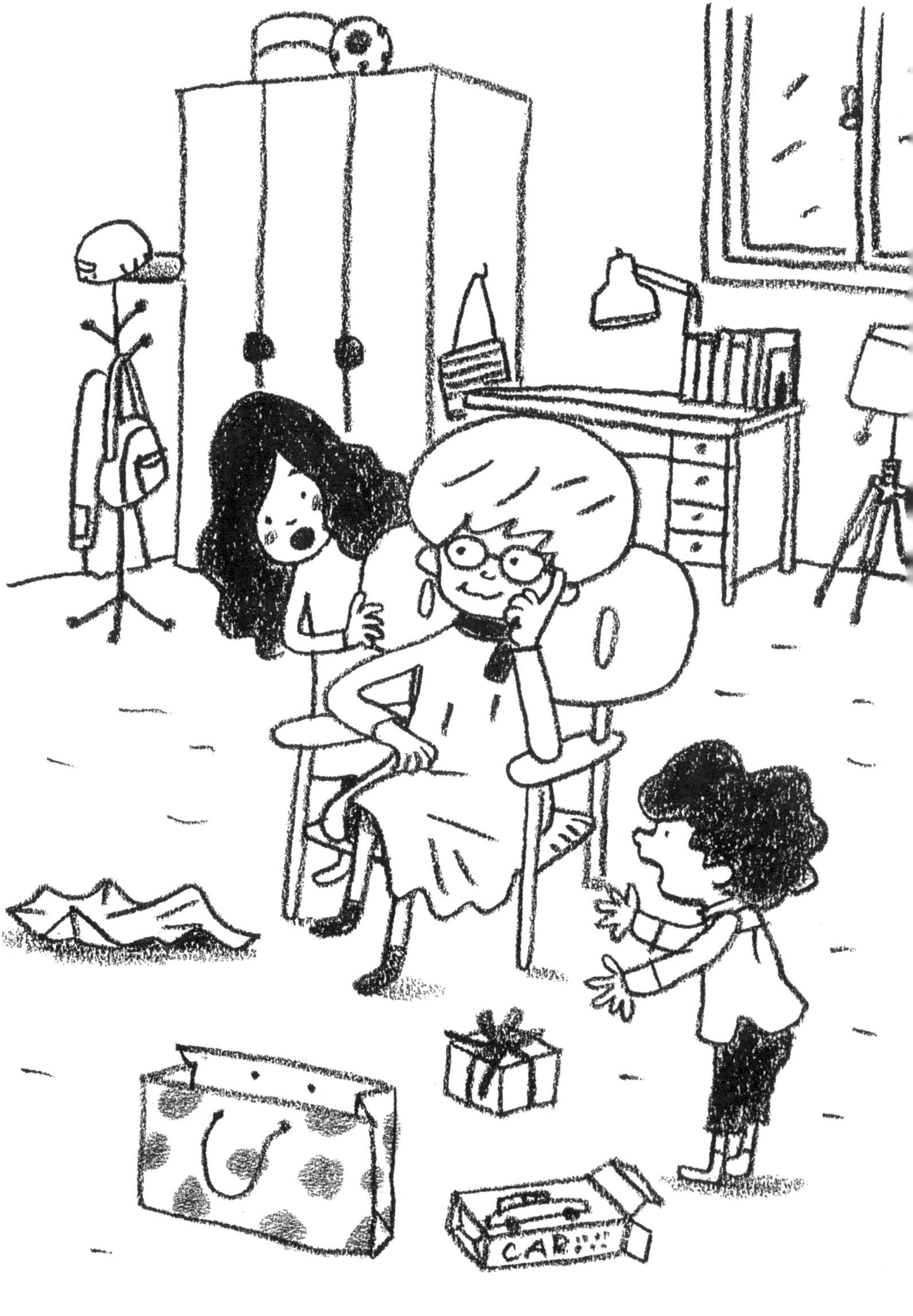
CAR

"怎么这么累呀?"

小音问。

"这个呀,是被一个很调皮很调皮的捣蛋鬼害的。"

"那是谁啊?"

小浩问。

"小、妖、怪。"

"欸,妖怪?!"

"什么样的妖怪?"

小音和小浩都凑过来。

"昨天晚上啊，我正在看书。然后呢，就听到桃子旁边有声音在喊，'老婆婆，老婆婆'。可是呢，左边看看，右边看看，一个人也没看见。我呀，马上就明白了，这是'小妖怪'呀。所以呢，我就问，'有什么事呀，小妖怪？'，然后又听到声音在喊，'老婆婆，老婆婆'。

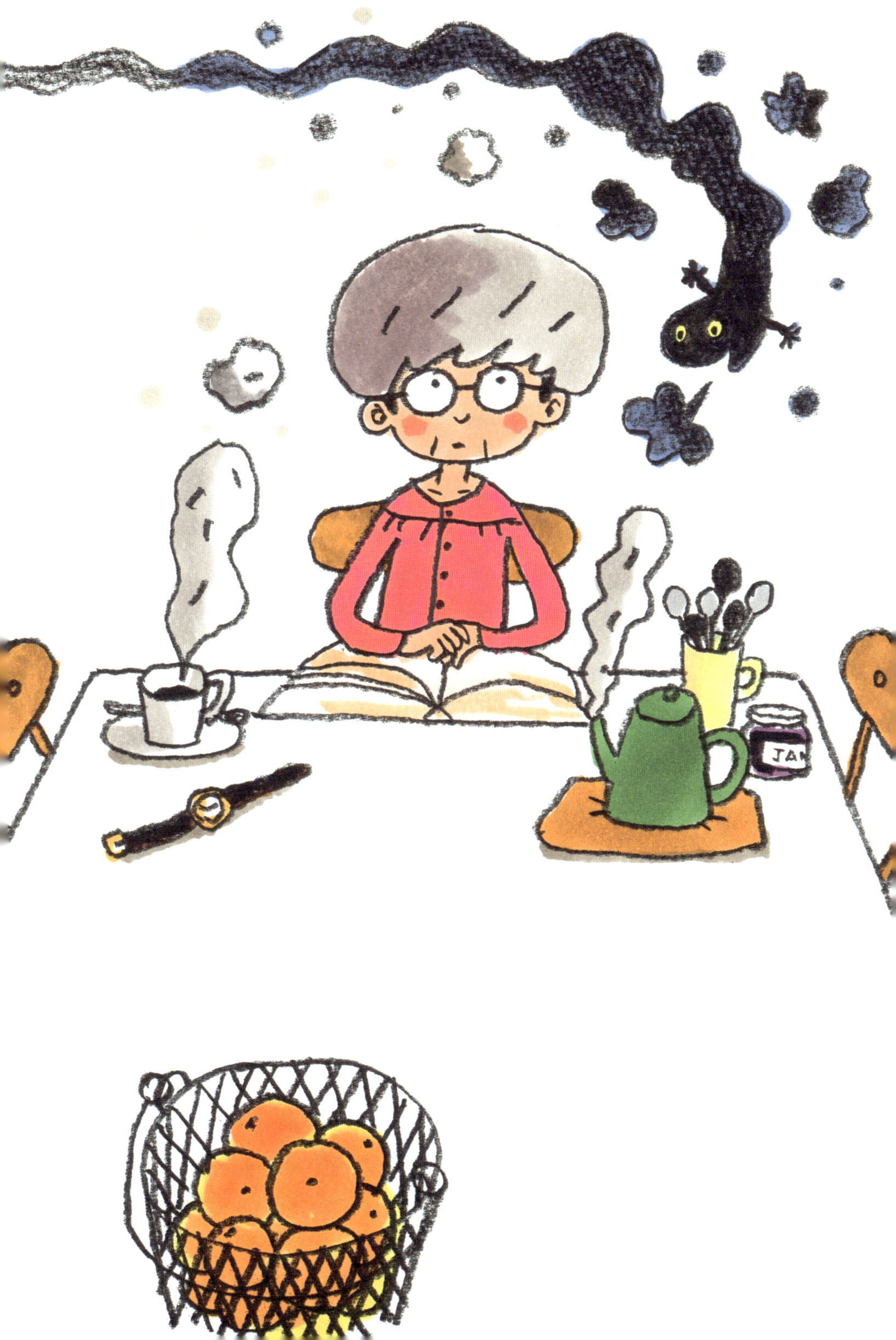

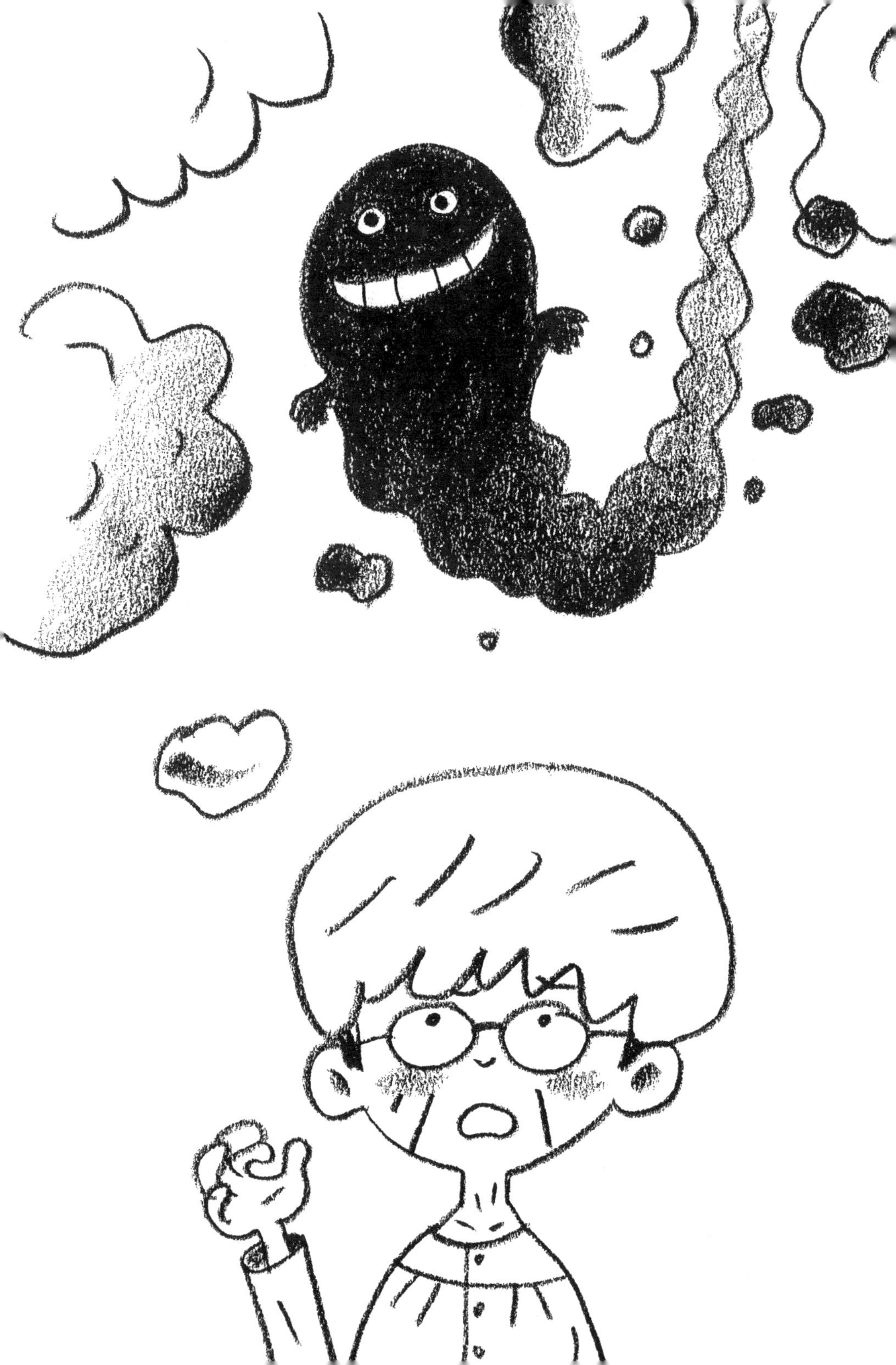

"我说,'如果有事,就快点讲',但是呢,那个声音还在喊,'老婆婆,老婆婆',一直喊个不停。

　　"真是烦人呢。

　　"我已经很累了,没力气再和他玩了。

　　"所以我就说,'饶了我吧'。于是呢,声音终于没有了,不知道跑到哪里去了。

　　"妖怪呀,很厉害的。虽然看不见,但是打交道的时候要小心,不然就糟糕了。"

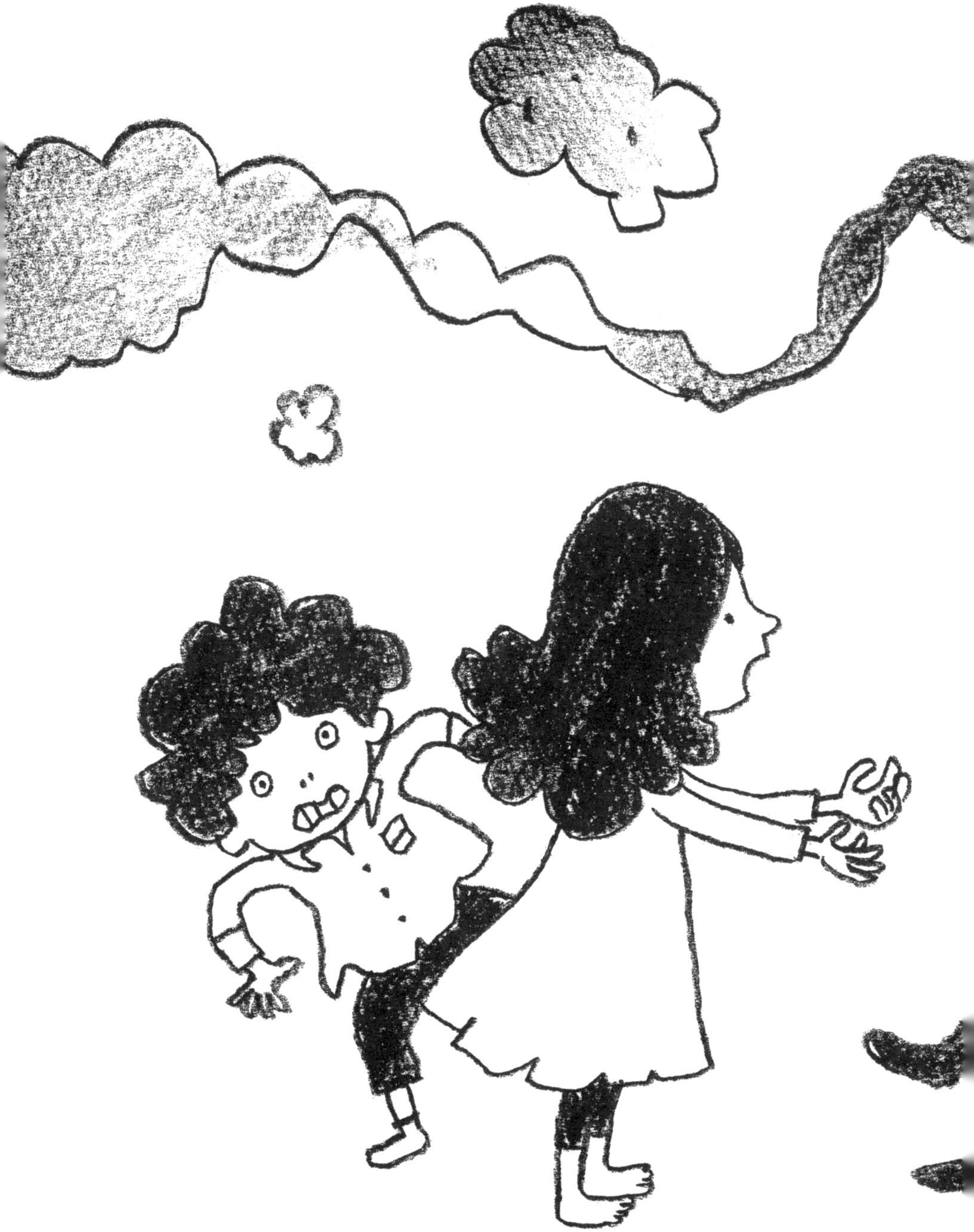

"呀,外婆,我们家里,也有妖怪吗?"

小音问。

"要是有就好了,虽然有点害怕。"

小浩说。

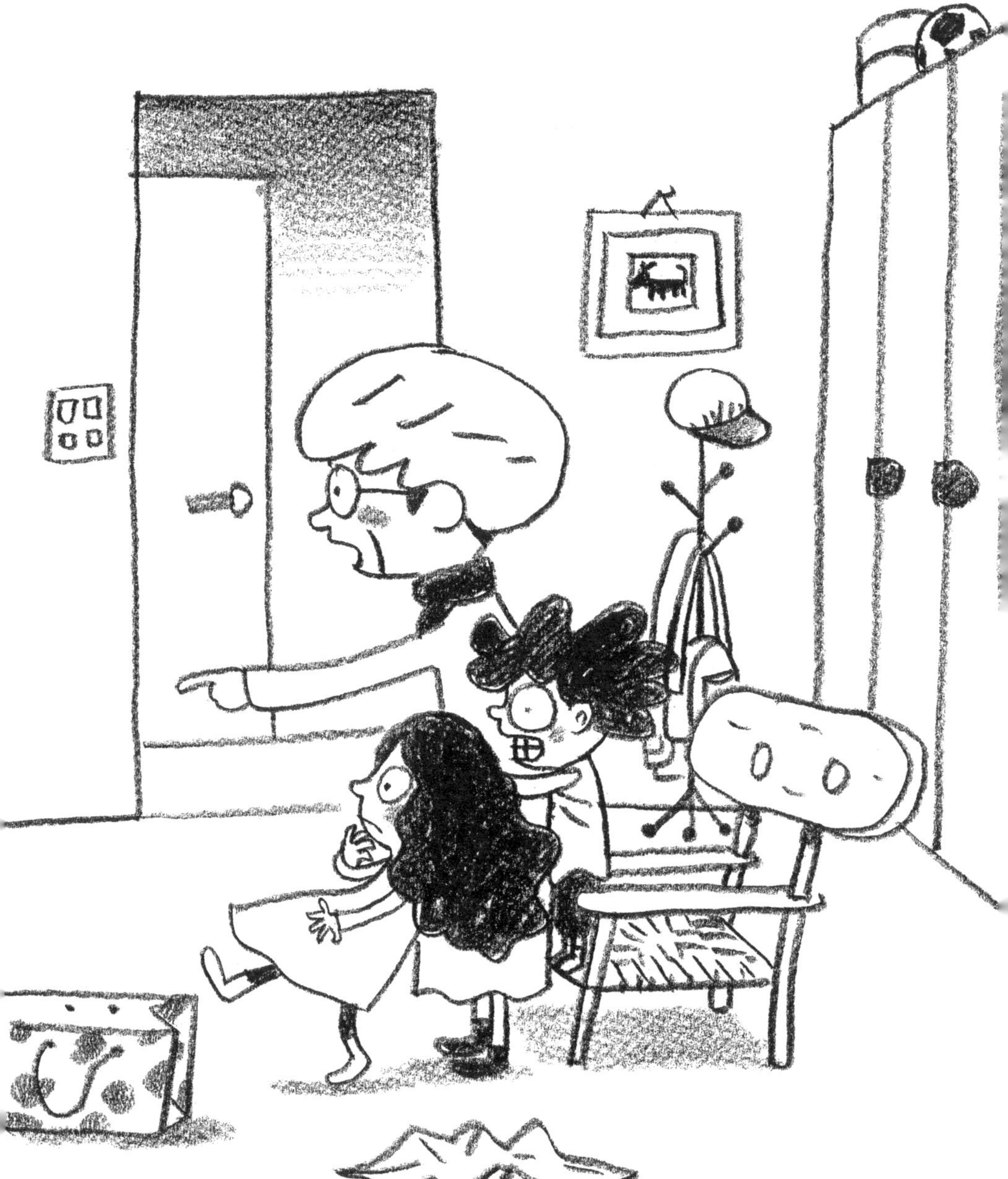

"当然有啊。"

外婆点点头。

"他们在哪儿呀……"

外婆左边看看,右边看看,

"这个房间里面,有没有呢……啊,有的,有的。喏,看那边。衣橱旁边的地方。"

"什么都没有呀。"

小音和小浩说。

"有的哦。你们再好——好看看。"

"只有一个小小的洞。"

"那就是妖怪哟,是'墙洞妖'的嘴巴。"

"墙洞妖的嘴巴?不对哦,外婆。那里呀,原来是装挂钩的地方。后来被小浩弄坏了,就拿掉了。所以留下了一个小洞。"

"墙上开了洞,那就是墙洞妖的嘴巴。你们到他旁边去,把耳朵贴上去仔细听,会听到嘶——嘶——的呼吸声。"

小音和小浩轻手轻脚地走过去,把耳朵贴到墙上。

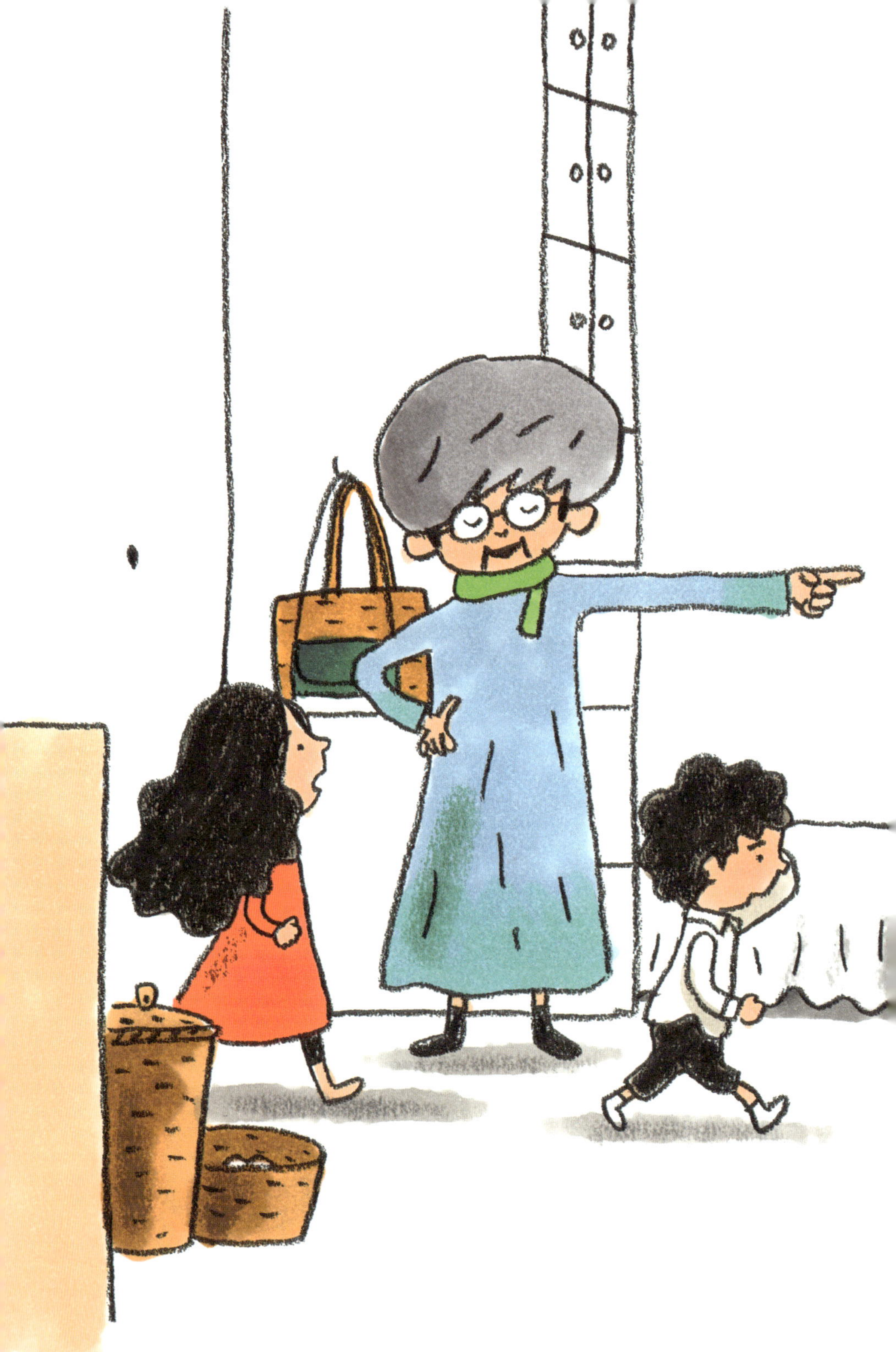

可是，他们很快就说：

"什么都听不到呀。"

"要仔——细听哦。"

"听——不——到！"

"好吧，你们让开。外婆我来听给你们看。其实呀，墙洞妖可喜欢唠叨了。"

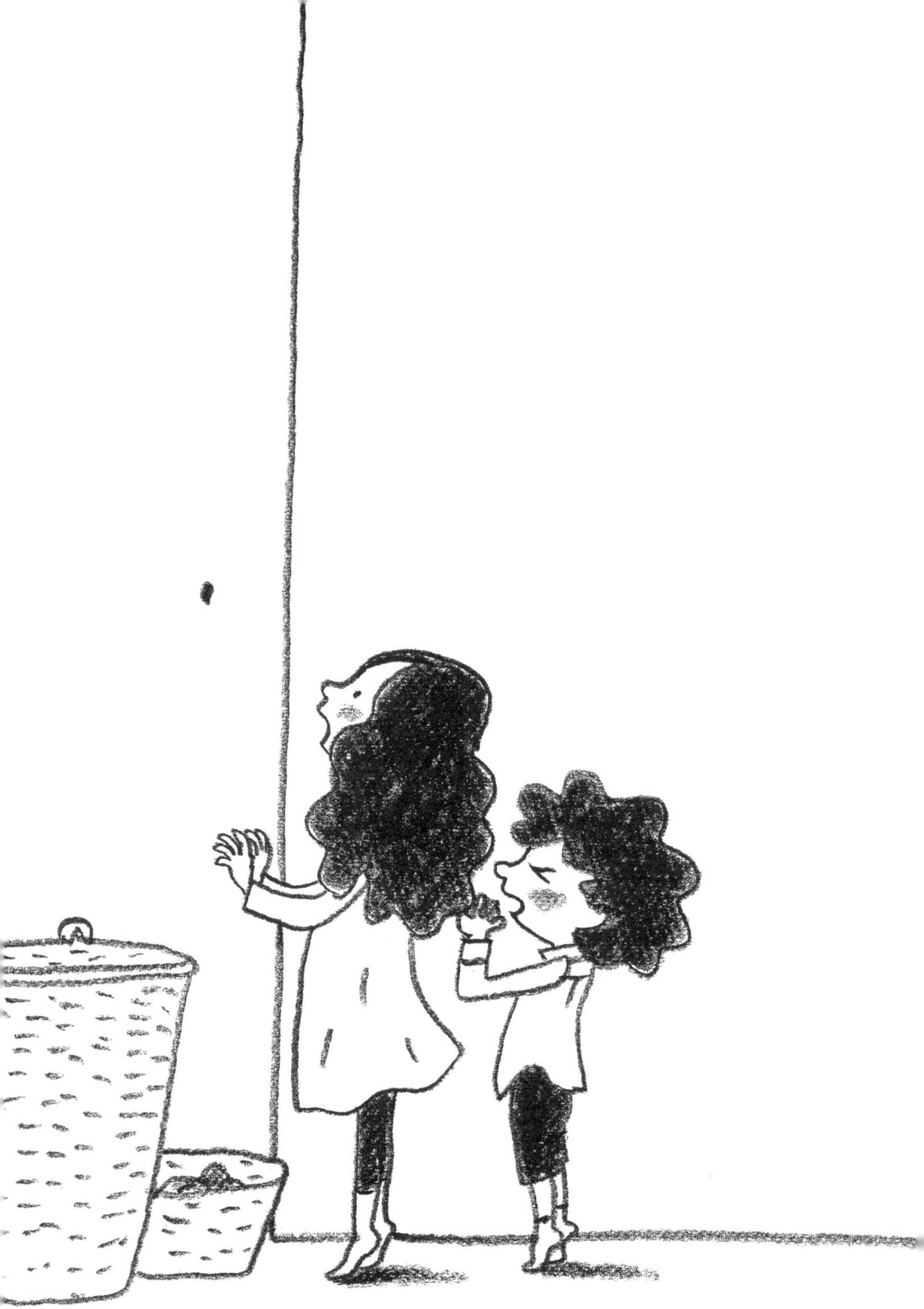

外婆把耳朵紧紧贴到墙洞上。

"墙洞妖先生，别害羞了，随便说点什么吧。哈哈，如果这家的孩子不和你聊天，那也太没意思了。"

外婆连连点头。

"那，换我们吧。"

小音和小浩踮起脚，对着墙上的洞说：

"墙洞妖先生，来聊天吧。"

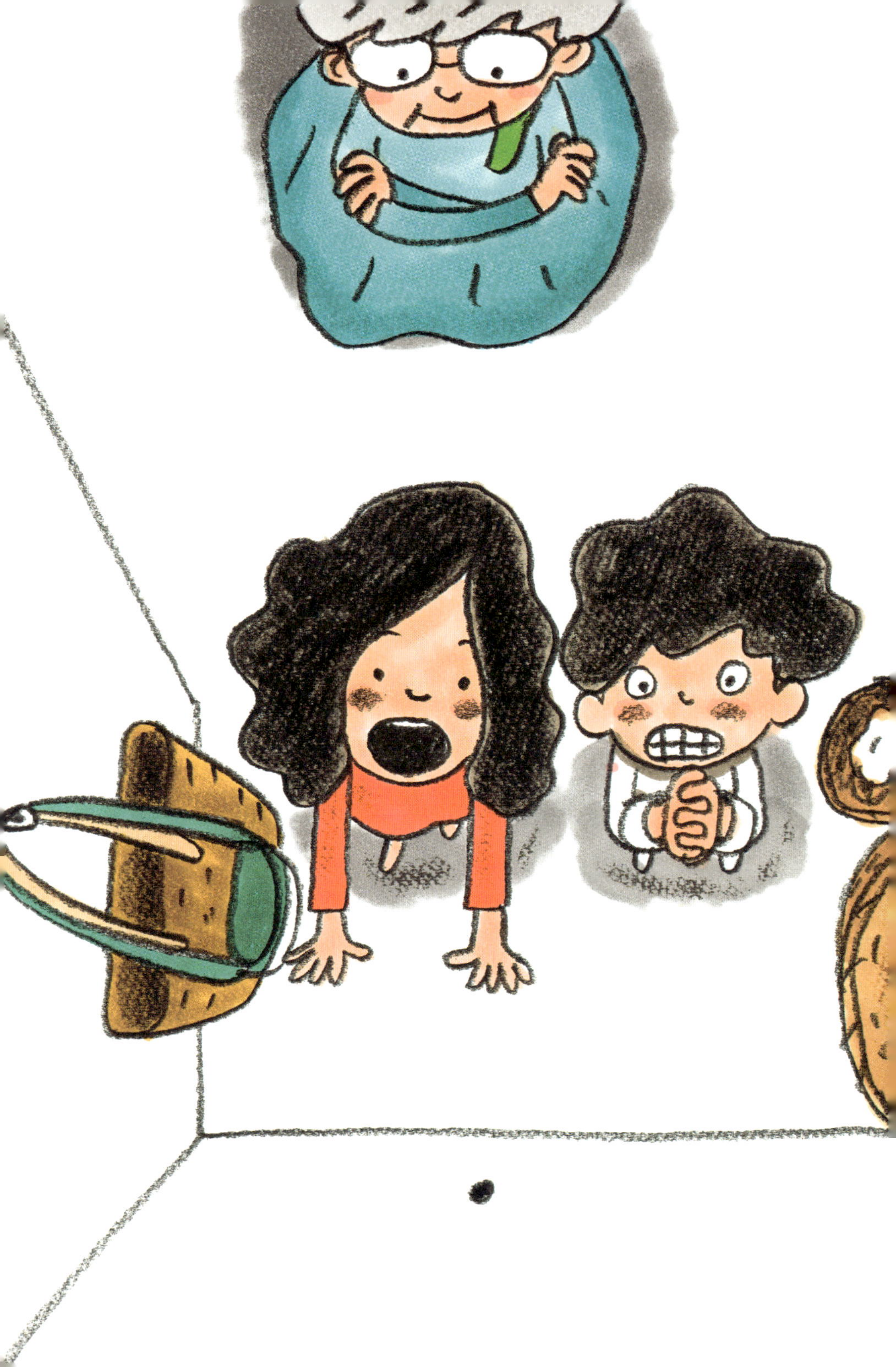

于是，在小洞的深处，传来某种窸窸窣窣的声音。

听起来，好像是在唱歌。

"聊天是不错啦，
可是看不到人，怎么聊天呢？
快点让我出来吧。
快点让我到外面来吧。"

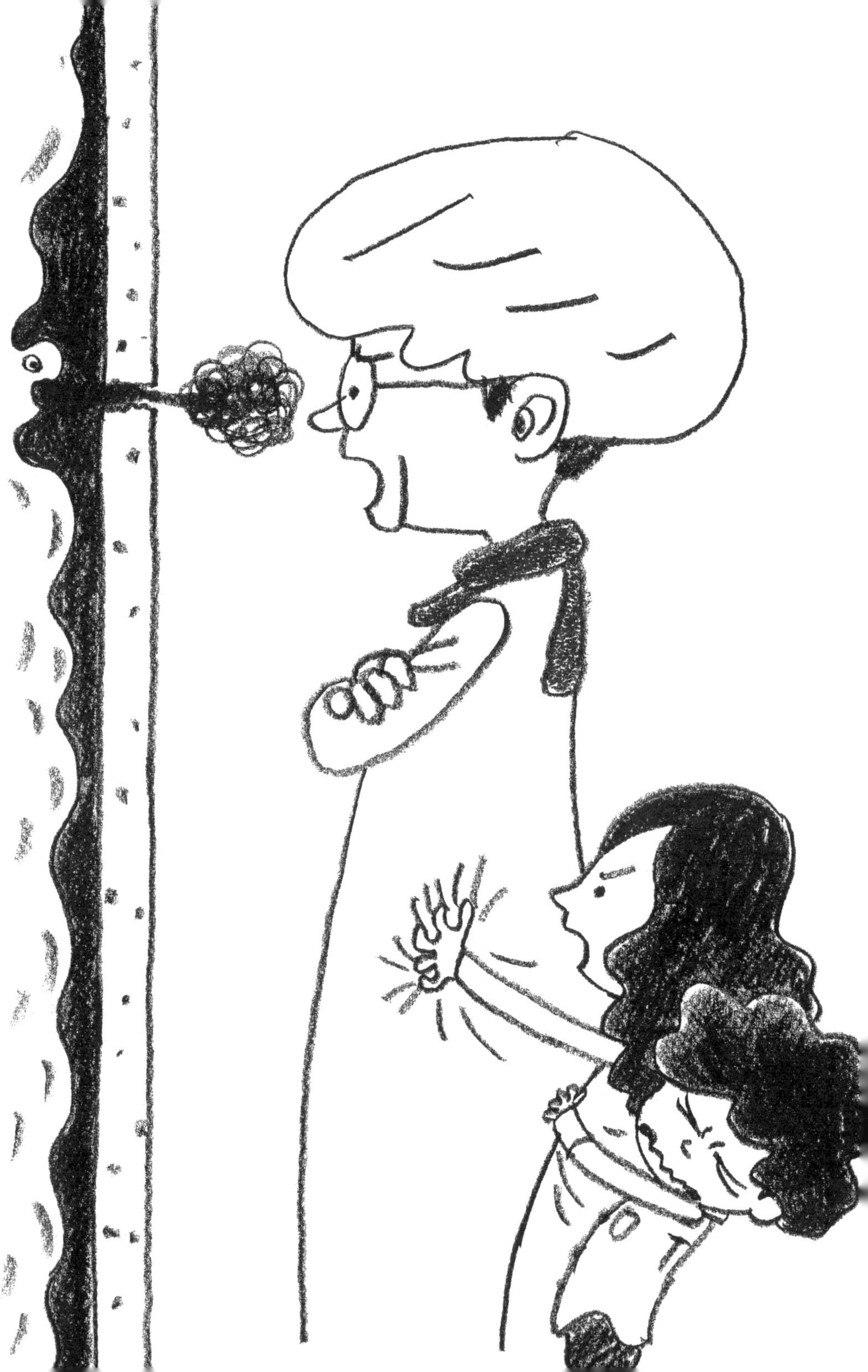

"到外面来，想做什么呢？"

外婆问墙洞妖。

"当然是聊天啦。"

"那可不行哦。虽然你很可怜，但是不能让你出来。因为你一到外面就会鼓起来的吧。那样的话，你就没办法回到这个小小的洞里了。"

这么一说，墙洞妖的声音，突然一下子变大了。

"回不去也没关系啦。"

"那可不行。就是因为有你在墙洞里,这个房子才能暖暖和和的。所以你还是留在洞里吧。"

外婆轻轻地、温柔地拍了拍墙壁。

"小音,小浩,你们记得经常到这里来,和墙洞妖聊聊天吧。不过,不能让他到外面来哦。绝对不能。"

"可是真的有点可怜呢。"

小浩说。

"但是外婆,墙洞妖要怎么出来呢?"

小音问,

"把墙弄破吗?"

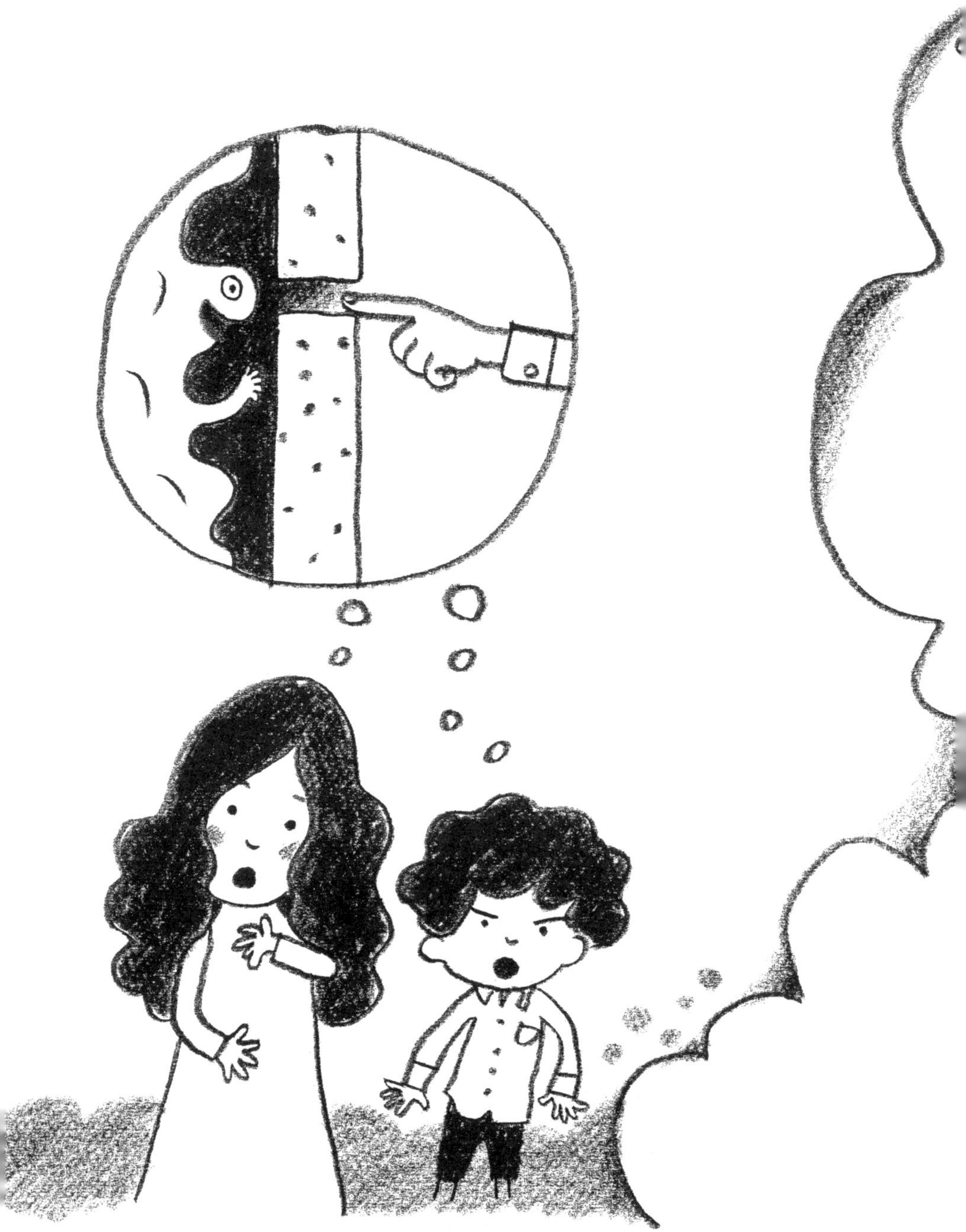

"不是,墙洞妖呀,在等有人把手指伸到那个小洞里。

"那样一来,他就会张大嘴巴,啊呜一口,咬住手指,咻——黏糊糊的——跟着一起跑出来。一跑出来,就会一下子胀大,变得像厚厚的云一样,再也回不去那个小小的洞里了。所以呢,不能把手指伸进去。绝对不能。要答应外婆哟。"

第二天,外婆回乡下去了。

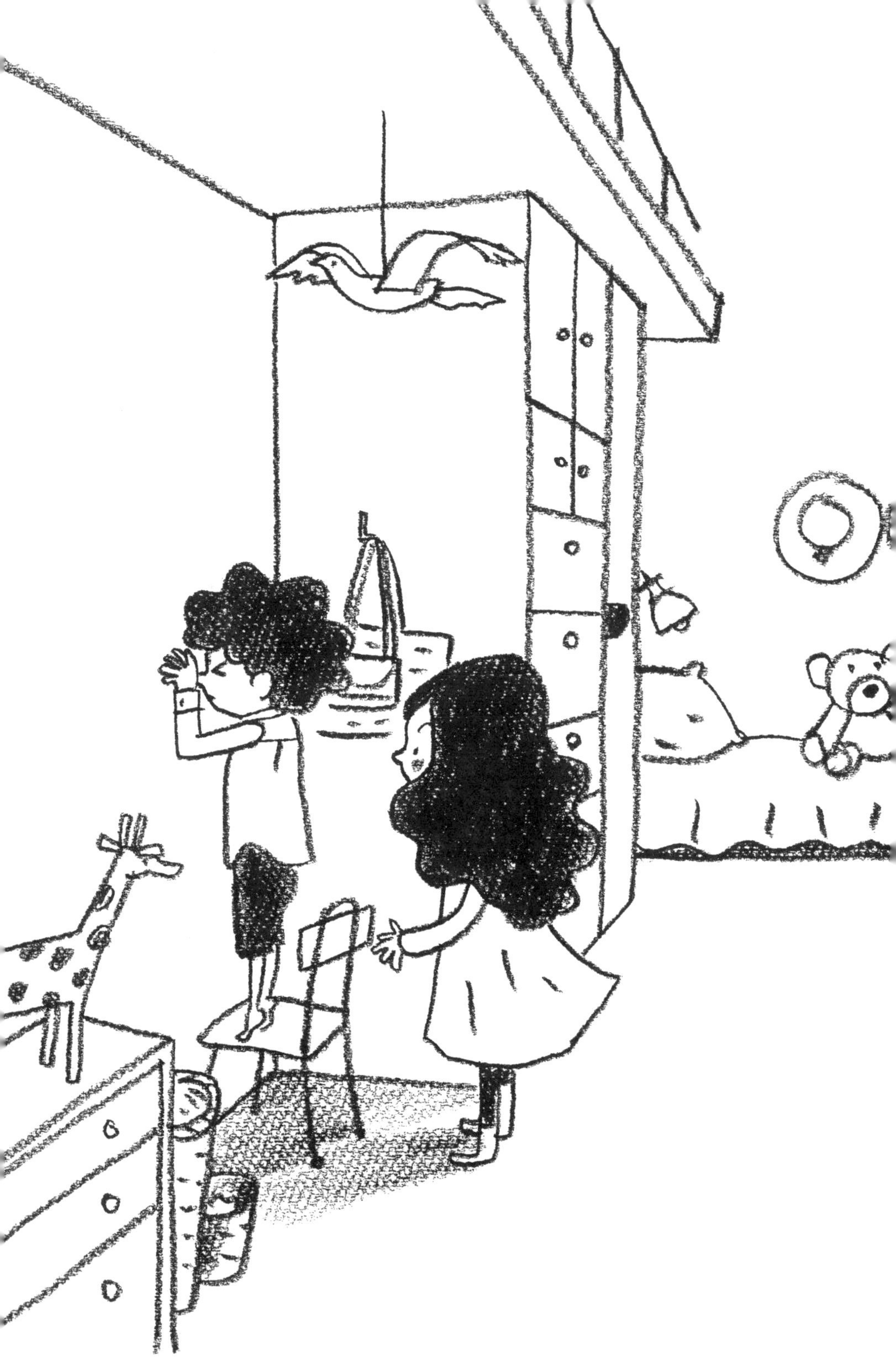

小音和小浩对墙洞妖非常好奇,怎么都忍不住去看。

他们往墙上的小洞里,看了一遍又一遍。

可是,到底是在里面还是不在里面呢?一点也看不出来。

里面静悄悄的。

"墙洞妖先生——"

小音试着喊。

"嗯！"

传来低低的声音。

"一起玩吧？"

小音说。

"你们想玩，我就陪你们玩玩咯。"

墙洞妖装模作样地说。

"你要想玩，我也陪你玩玩咯。"

小浩也装模作样地回答说。

"那，帮我从里面出来。"

"那可不行。我们答应外婆了。"

小音说，

"不过，我们可以一起玩词语接龙游戏[*]。"

---

[*] 此处日文原文接龙的词为:【つくえ】桌子——【えいご】英语——【ごぼう】牛蒡——【うた】唱歌——【たい】鲷鱼——【いか】乌贼——【かお】表情——【かき】柿饼（小浩接错）——【おかゆ】小米粥（墙洞妖纠正）——【ゆび】手指。为了小读者的阅读体验，已替换成了其他可以首尾相连的中文词语。

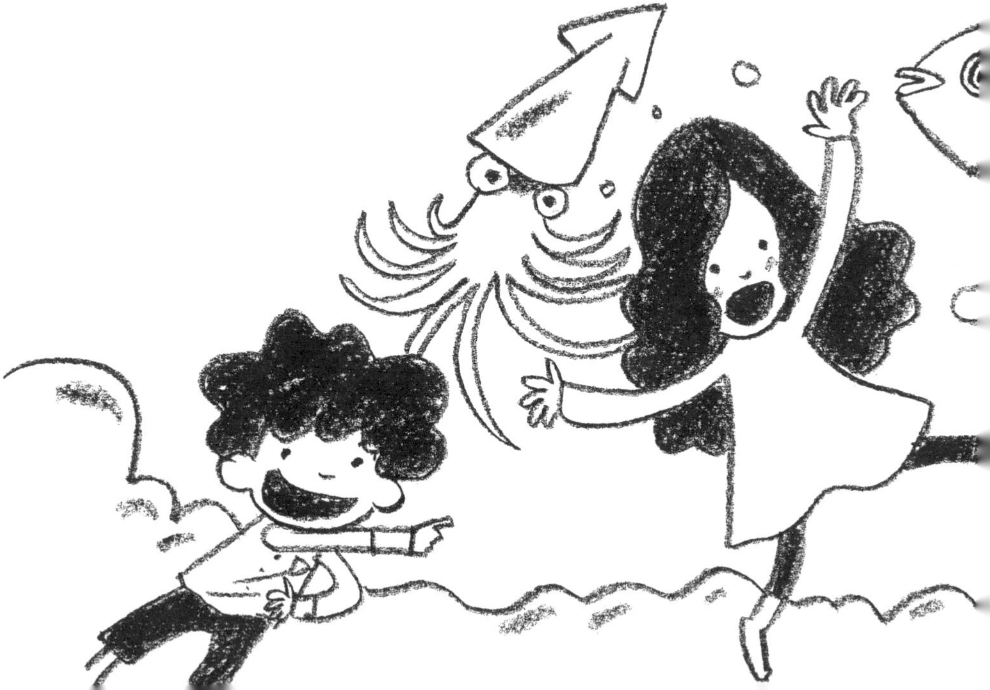

"通过,下一个词要用'过'开头……有了,**过冬**!"

小音很快接上了。

"过冬?冬……冬……啊,想到了,**冬天**。"

小浩也不甘示弱。

"接下来又是我了,天、天、有了!**天生**!"

"生……**生气**!"小音说。

"气……**气派**!"小浩说。

"派、派、有了,**派对**。"

"那，**队长**！"

明明轮到小音，小浩却抢先说了。

"队长是什么呀？小浩，不是'队'吧。刚刚说的是'派对'，最后一个字是'对'。嘻嘻嘻。"

墙洞妖很开心地说。

"哦，这样啊。对、对、对——"

小浩半天都没答上来。

"嘻嘻嘻，投降吧，我教你。对啊，可以接**对手**。下面是'手'。小音能接上来吗？"

墙洞妖装模作样地说。

"哼,'手'的话,很简单哦。谁都有的东西。"

"了不起!对、对,谁都有的东西。"

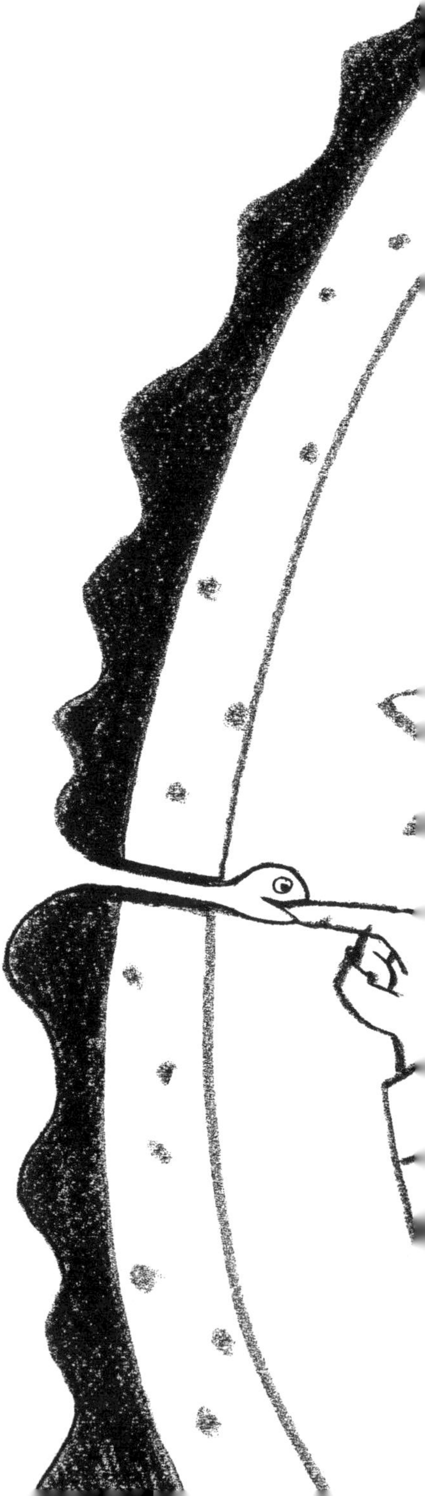

"**手指**。快来抓住手指头*！"

小浩举起自己的食指炫耀。

"哈，手指脏兮兮的。"

"才不脏呢！你仔细看看。"

小浩不服气地把手指伸进墙上的洞里。

顿时——

啪嗒！

墙洞妖咬住了小浩的手指。

小浩慌忙把手指缩回来，咻——黏糊糊的——墙洞妖钻出来了。

---

* 在日本，玩捉迷藏的时候，领头的孩子会喊这句话，同时朝上伸出食指，想玩的孩子过来握住手指再松开，然后跑去躲起来。

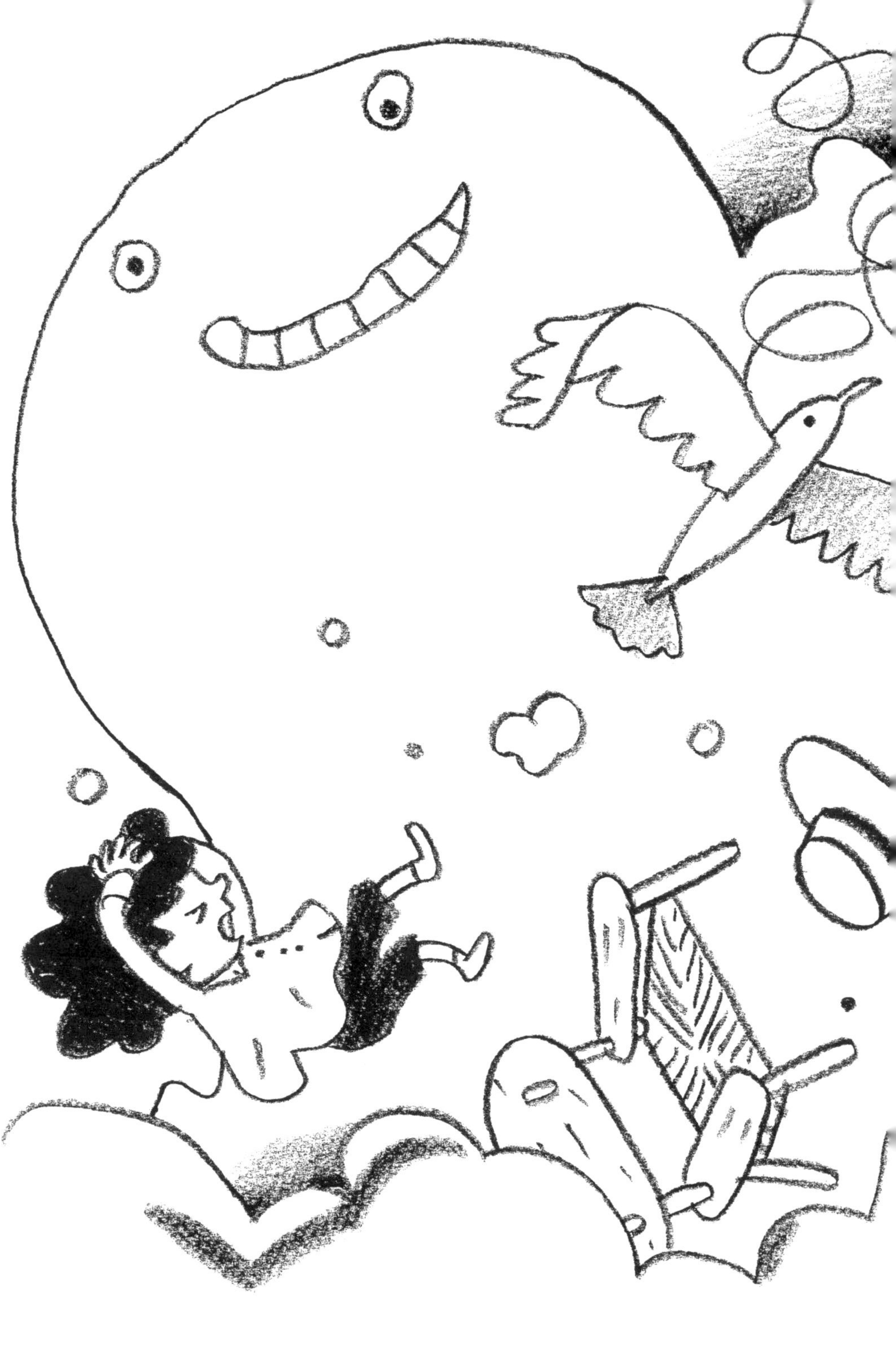

"哎嘿，我出来啦！"

墙洞妖可开心啦。

他的身子，呼呼呼——飞快地胀大。

大得呀——

整个房间都塞得满满的！

哗啦、哗啦，晃来晃去。

衣柜呀，椅子呀，全都跟着一起哗啦、哗啦，晃来晃去。

小音和小浩，也一起哗啦、哗啦，晃来晃去。

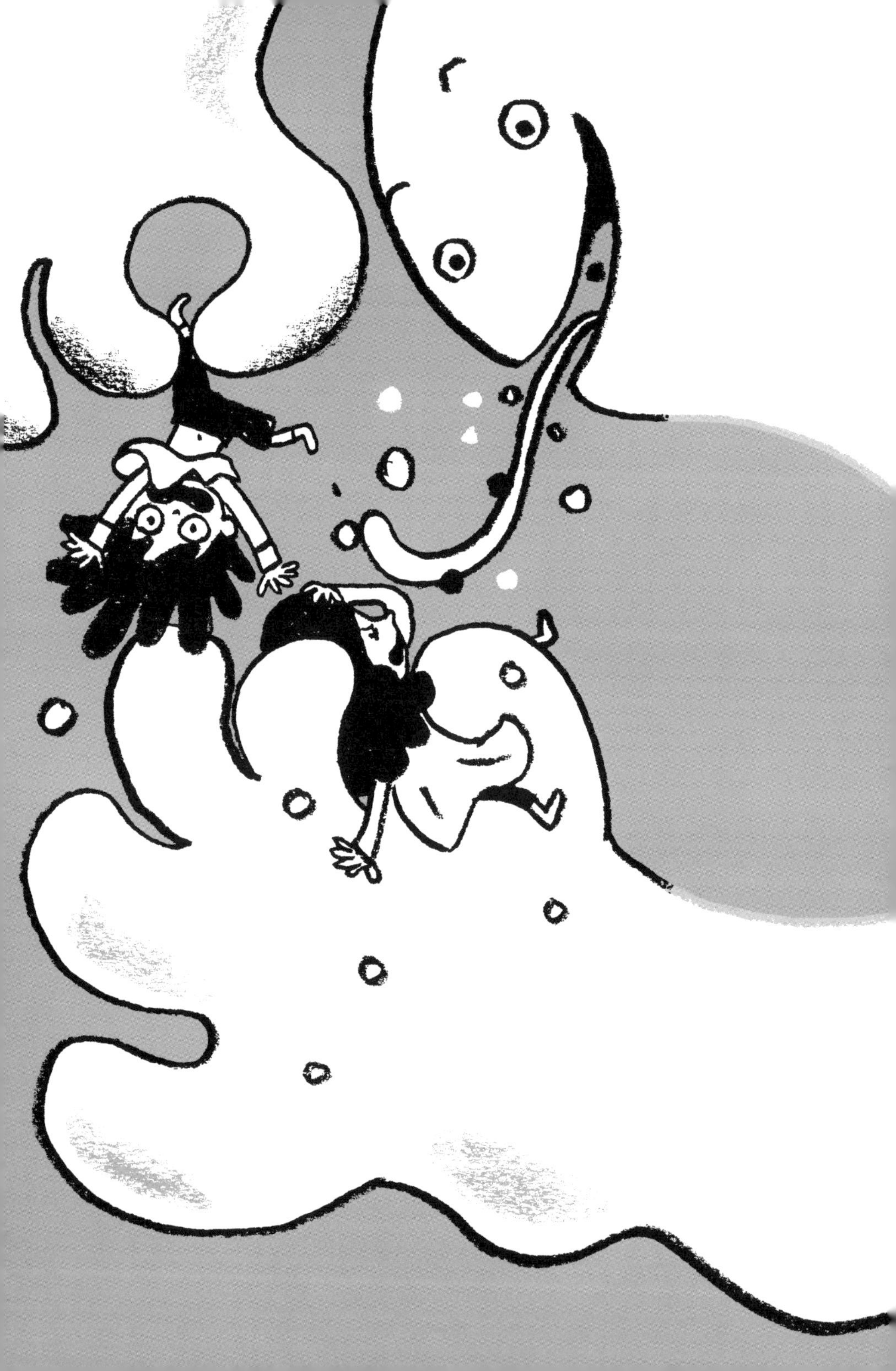

"哈哈哈,一起来玩!"

墙洞妖咻地伸出胳膊,捏住了小音和小浩。

"现在,先挠谁的痒痒呢?"

噗咻,噗咻,墙洞妖把小音和小浩轮番揉来揉去。

"好了,好了,都变软了。软绵绵的小孩子,可好吃啦。"

墙洞妖的嘴里伸出长长的舌头,在两个人的额头上舔来舔去。

小音和小浩吓得瑟瑟发抖。

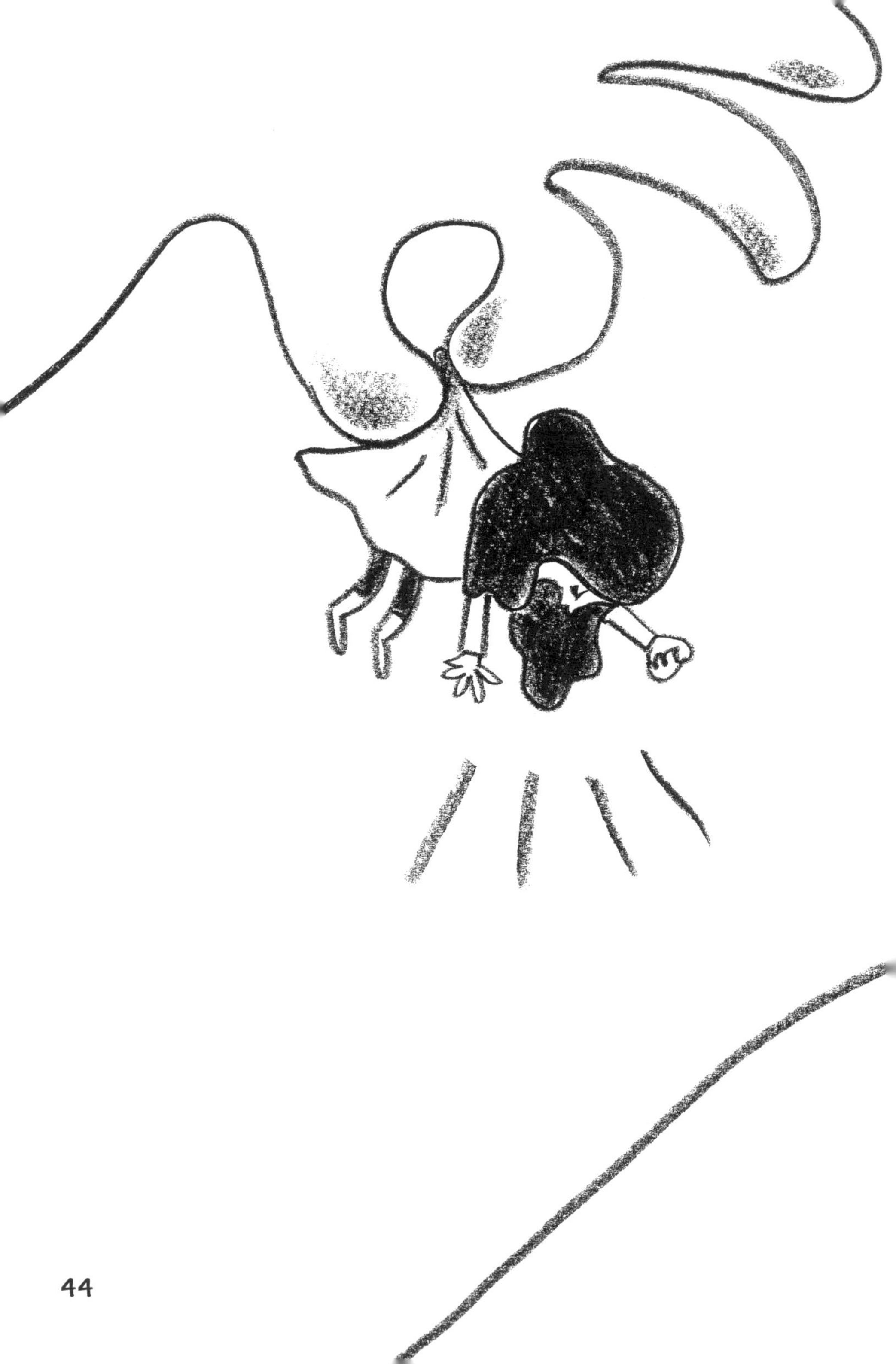

但是,小音才不认输呢。她想到了一个好主意。

"对了,小浩,我们来玩'喂喂妖怪'吧。"

"好呀,姐姐!"

小浩说。

小音和小浩大叫起来。

"喂——喂——墙洞妖先生——"

"干什么啦。"

墙洞妖瞅着两个人。

小音继续叫喊。

"喂——喂——墙洞妖先生——"

小浩也在叫。

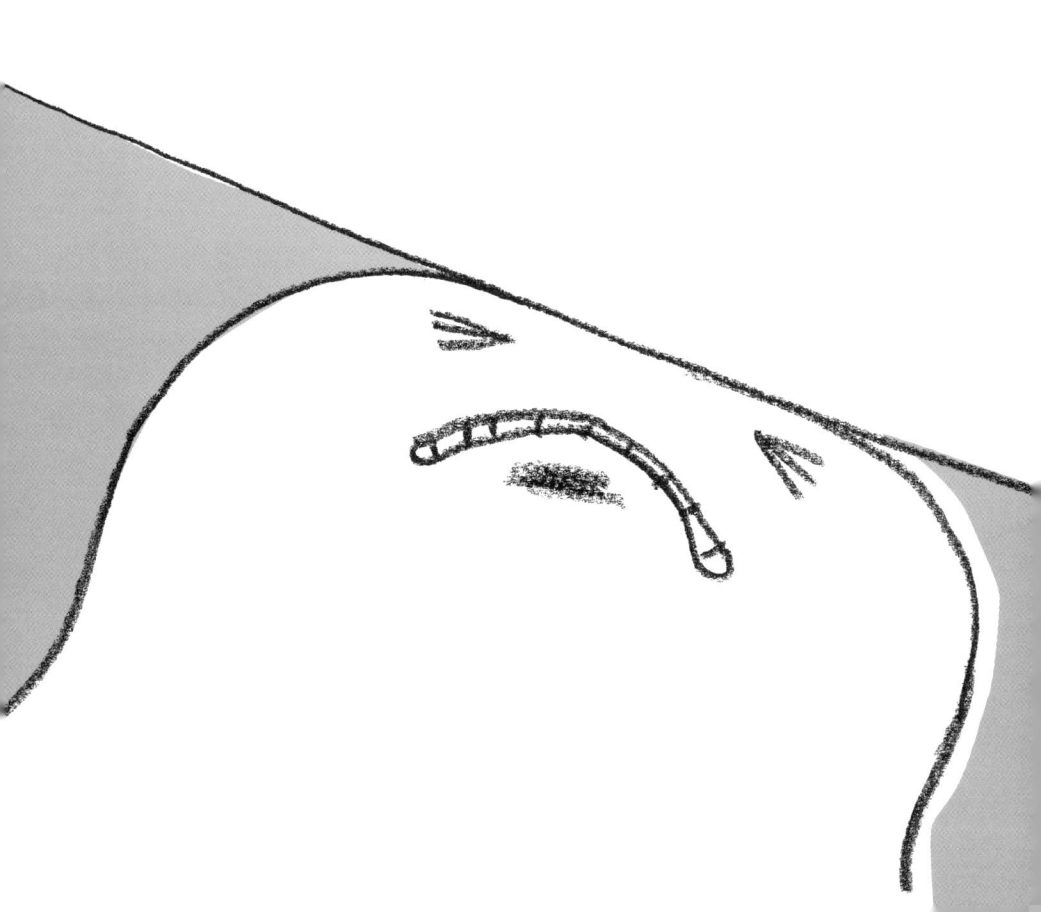

"喂——喂——墙洞妖先生——"

"什么事呀。有什么事呀。"

墙洞妖有点烦躁，晃了晃身子。于是，

哐当！

撞到了天花板。

"好痛！"

墙洞妖的脑袋上鼓起一个包。

但是，两个人还在叫。

"喂——喂——墙洞妖先生——"

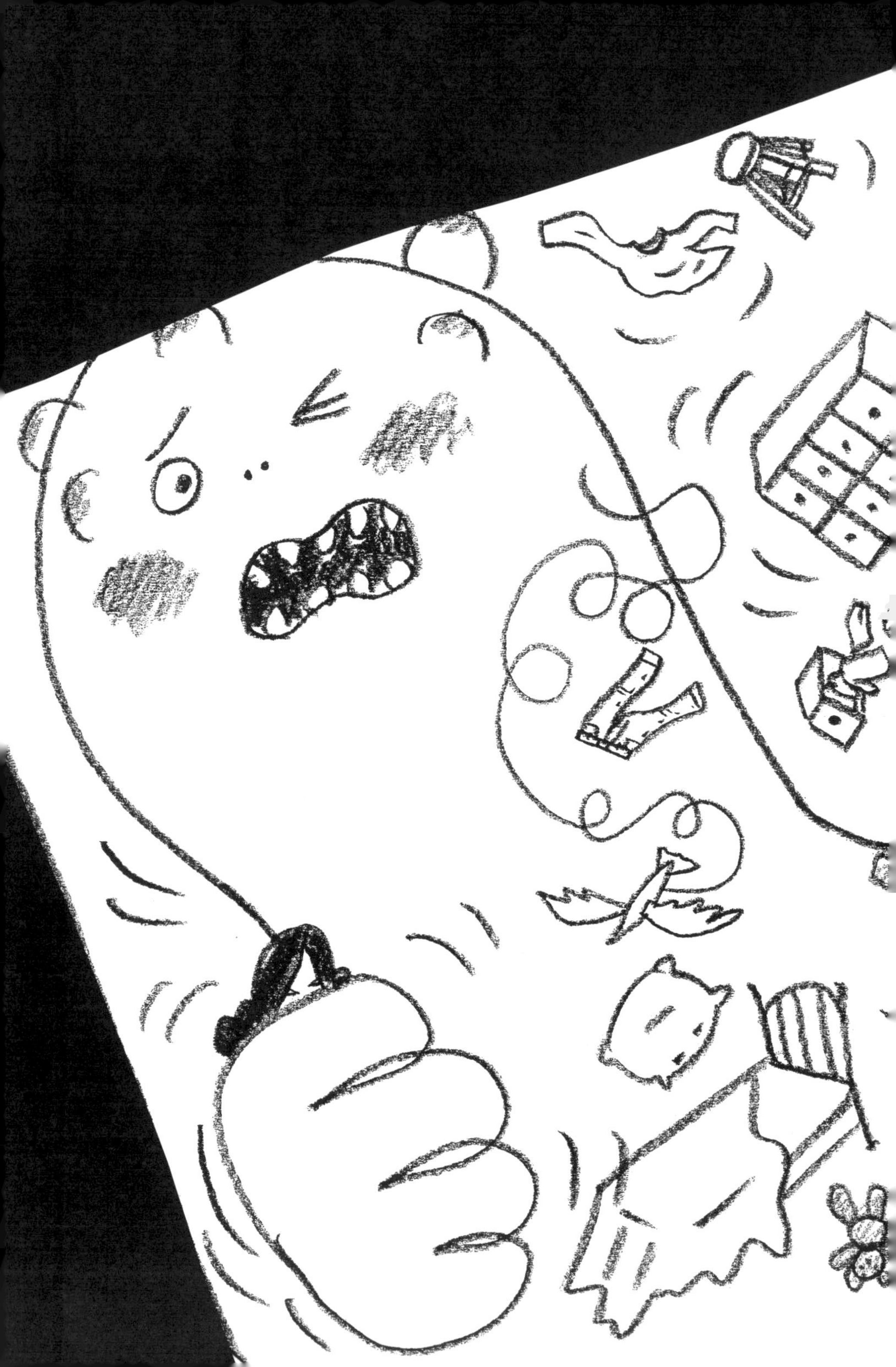

"什么事呀,什么事呀,快点说呀!"

墙洞妖更烦躁了。

他左边撞一下,右边撞一下。

包包、包包,全是包包!

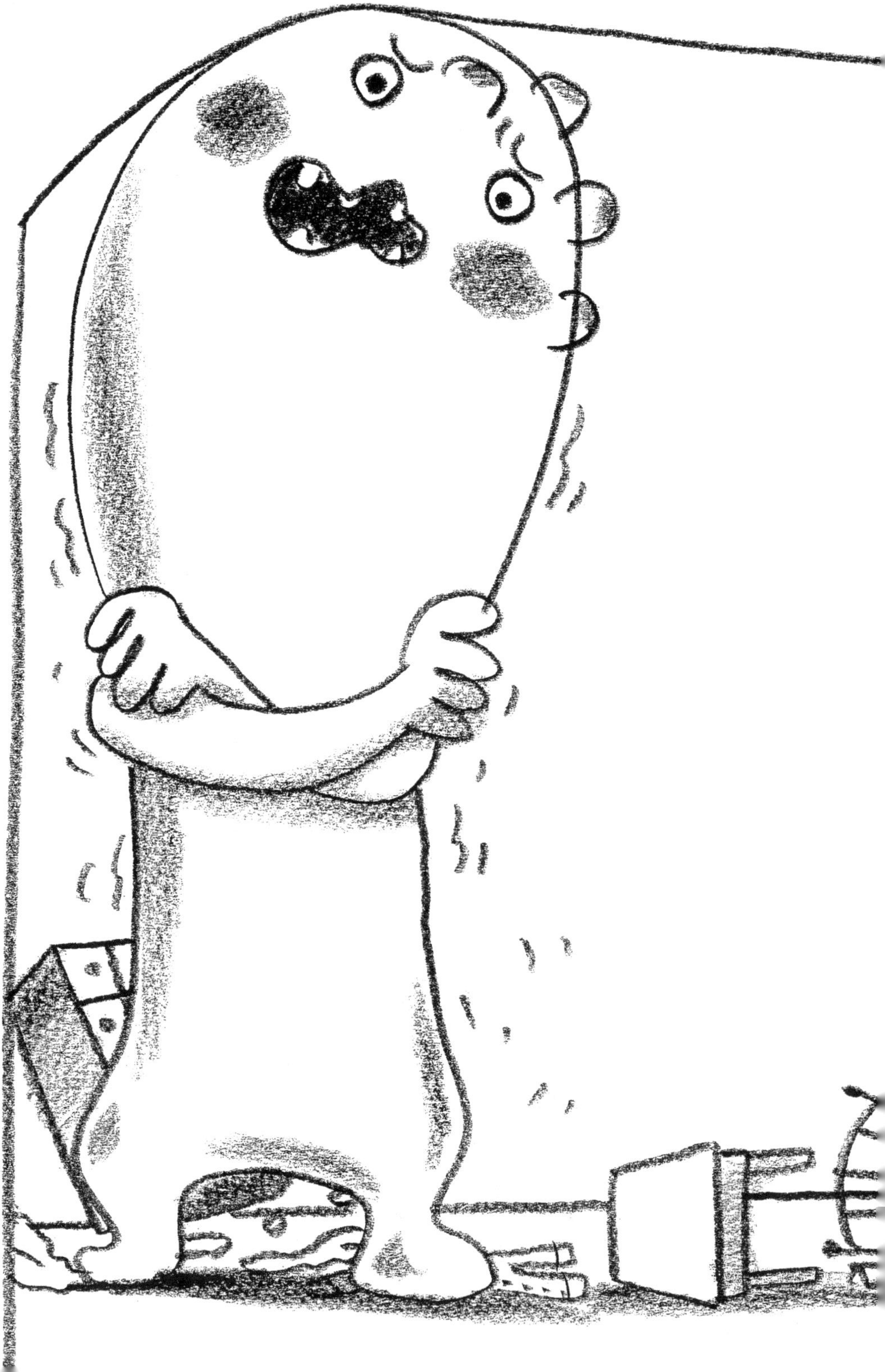

可是，两个人还是不停地叫喊。

"喂——喂——墙洞妖先生——"

墙洞妖的身子渐渐变细了，脸也变苍白了。

"好冷呀。"

大大的身子，颤抖了起来。

可是，小音和小浩，还是没有停。

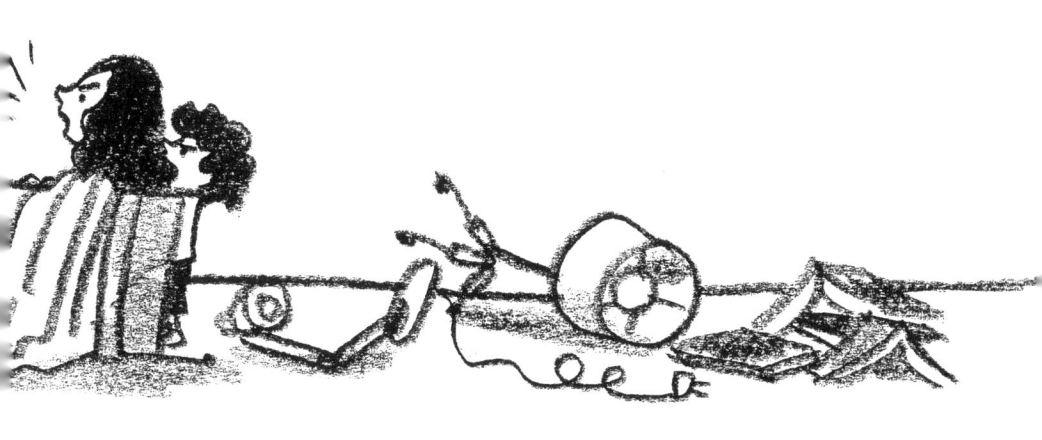

"喂——喂——墙洞妖先生——"

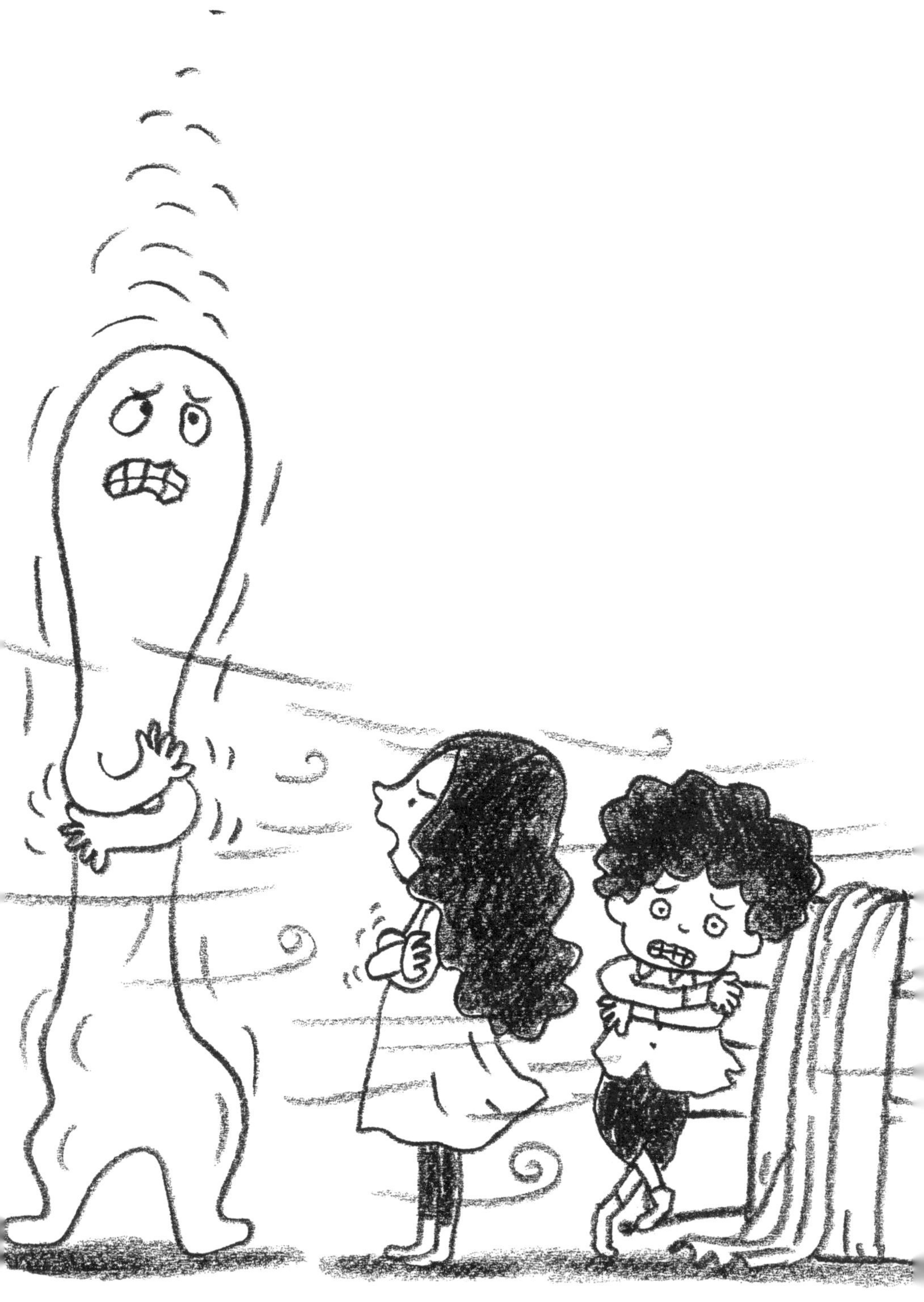

墙洞妖的身体眼看着迅速缩小下去。

"好冷,好冷。受不了了,受不了了。"

小音和小浩的身体也开始颤抖了。

"怎么这么冷呀?为什么呀?"

"墙洞妖先生跑到外面来了,所以冷风就吹到房子里来了呀。"

小音和小浩一边颤抖,一边说。

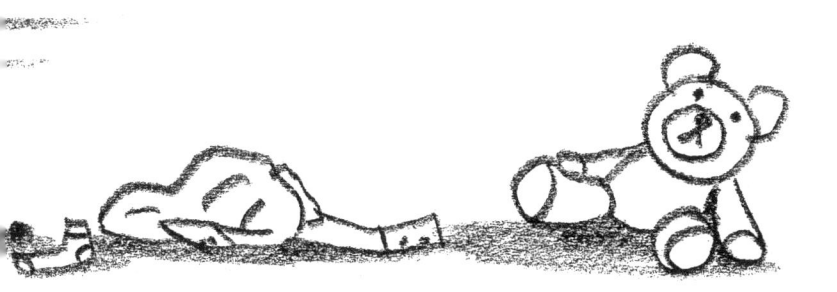

墙洞妖越缩越小。

"冷得受不了了。我回去了，再见。"

他还在装模作样呢。

但是，他连声音都在颤抖。

他的身体也在一个劲儿地发抖,都缩成一团啦,变得就像床单一样。

"不行啊,不行。"小音说。

"洞太小了,你回不去呀。"小浩也故意说。

"那,我把房子弄坏了回去吗?"

墙洞妖也不甘示弱,顶了一句。

"不行!不能把房子弄坏!"

小音和小浩慌忙拦住他。

"不弄坏房子,我回不去呀。"

"别弄坏房子。我们会帮你的。"

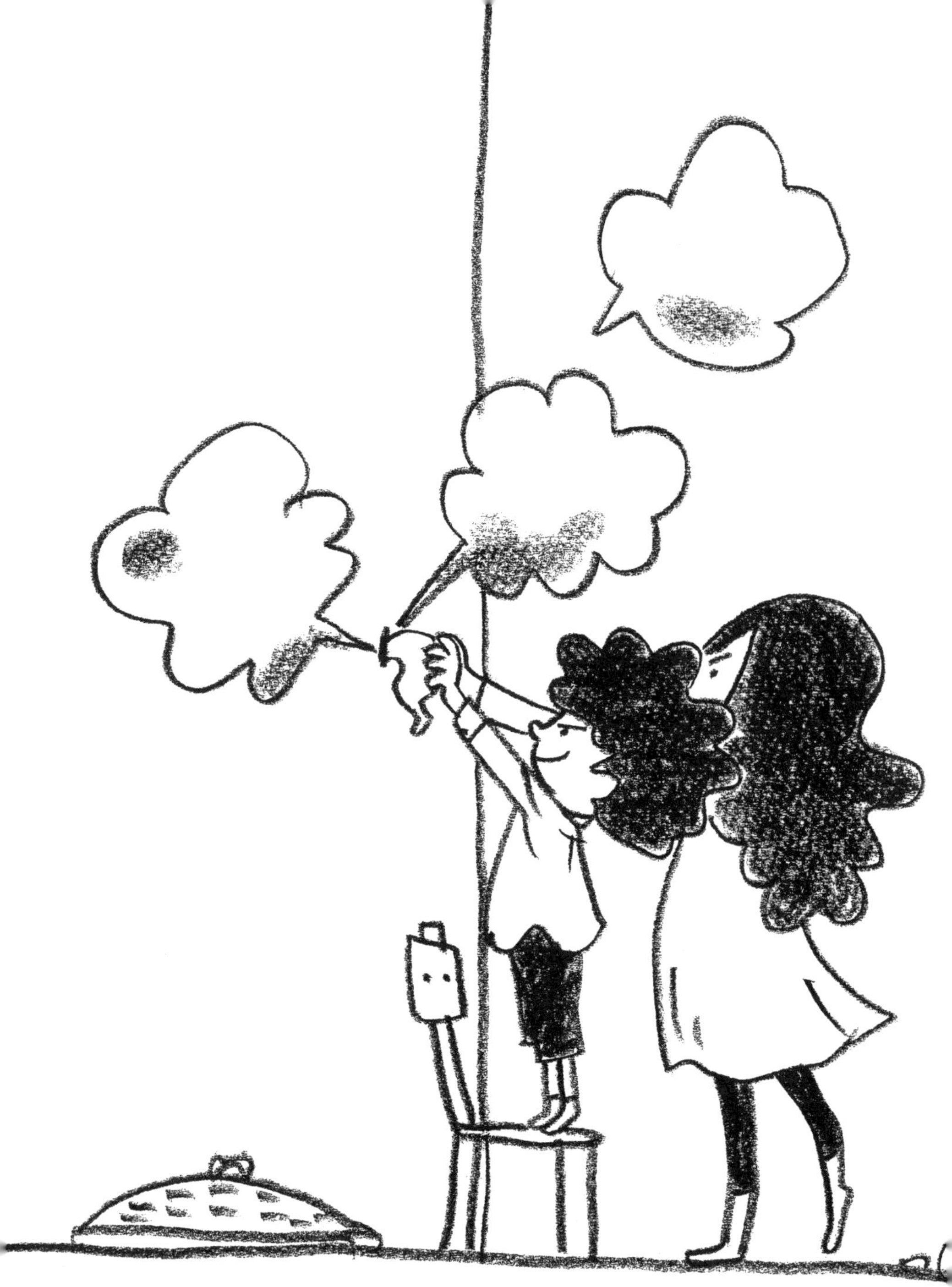

"我不用你们帮忙,自己能回去。"

墙洞妖又在装模作样。

然后,他发出吹口哨一样的声音,咻——的一声,钻回洞里去了。

可是,洞确实太小了,墙洞妖只能钻到一半。

小音和小浩在后面推呀推呀,把他用力推了进去。

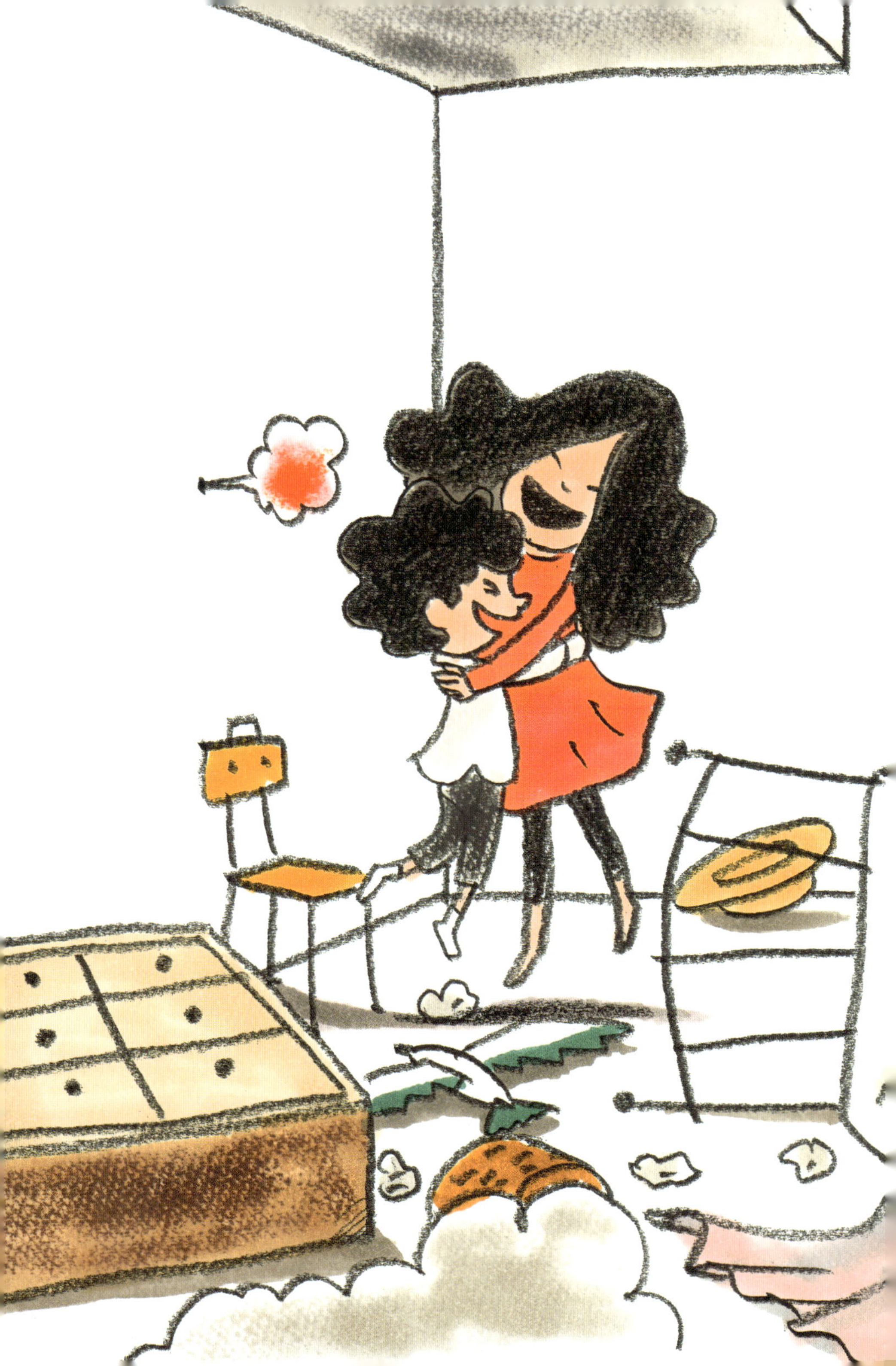

房子里一下子变得暖和起来了。
"太好了!"
两个人高兴得跳了起来。

60

从那以后,小音和小浩每天都会把学校里的事、幼儿园里的事讲给墙洞妖听。

墙洞妖呢,一边听,一边羡慕地说:"真好玩呀,真好玩呀,我也想去呀。"

"那就出来吧。"

小音和小浩,都把手指伸到墙洞里去引诱他。

"还是算了。外面太冷了,我已经受够了。撞出那么多包,我也受够了。"

墙洞妖说。

"下次一起玩接龙游戏哦!"

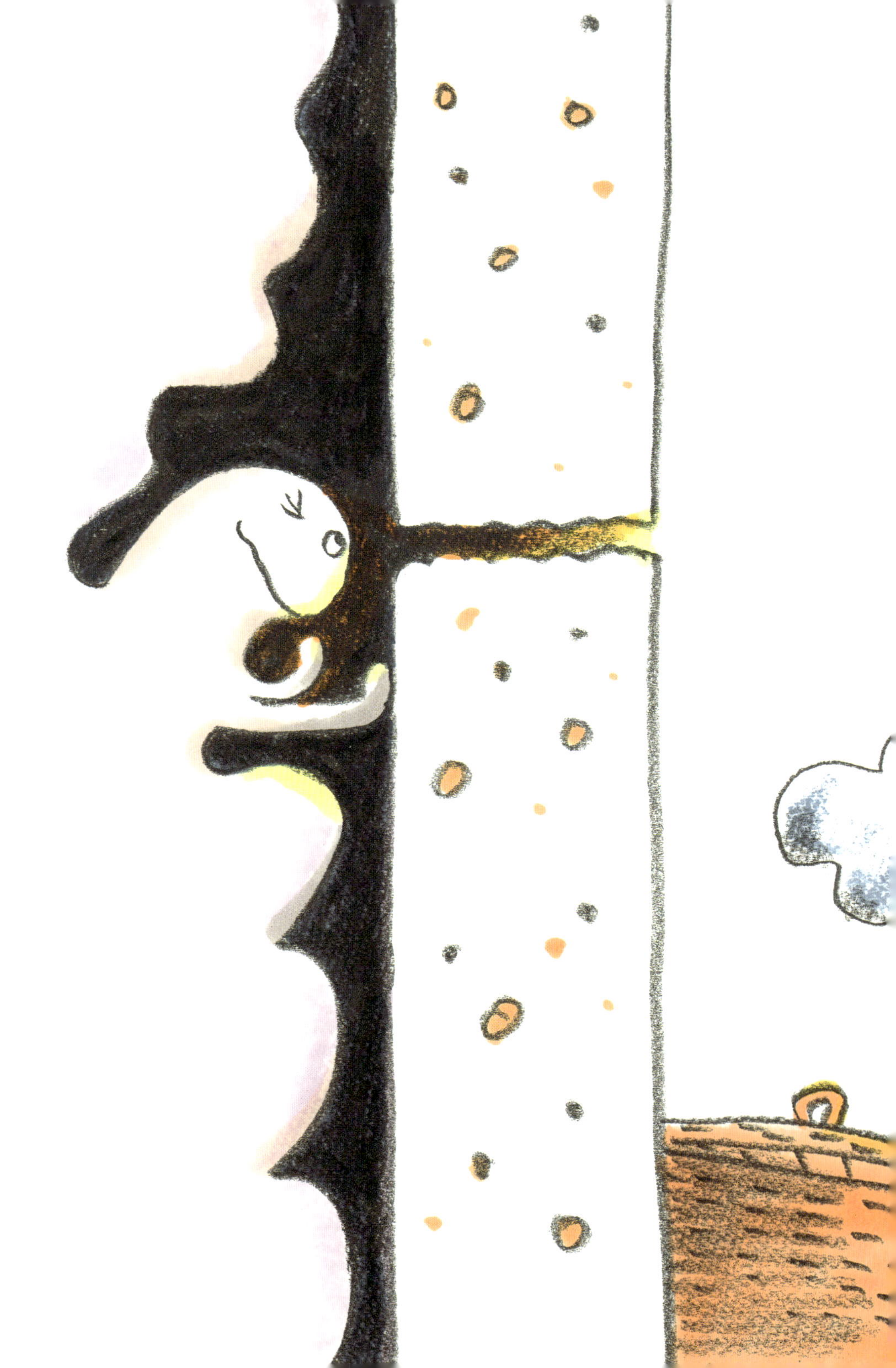

可是,墙洞妖有时候也会自言自语地说:

"等天气暖和了,我还要咬住那个小小的手指头。咻——黏糊糊的!"

图书在版编目（CIP）数据

咻！黏糊糊的墙洞妖 /（日）角野荣子著；（日）秦好史郎绘；丁丁虫译 . — 北京：北京联合出版公司，2021.2

ISBN 978-7-5596-4863-1

Ⅰ .①咻… Ⅱ .①角…②秦…③丁… Ⅲ .①儿童故事—图画故事—日本—现代 Ⅳ .① I313.85

中国版本图书馆 CIP 数据核字（2020）第 262992 号

Obake to Nakayoshi, Hyû Dorodoro Kabenyûdô
Text copyright © 2010 by Eiko Kadono
Illustrations copyright © 2010 by KOSHIRO Hata
First published in Japan in 2010 by Komine Shoten Co., Ltd., Tokyo
Simplified Chinese translation rights arranged with Komine Shoten Co., Ltd.
through Japan Foreign-Rights Centre/Bardon-Chinese Media Agency

咻！黏糊糊的墙洞妖

著　　者：[日]角野荣子
绘　　者：[日]秦好史郎
译　　者：丁丁虫
出 品 人：赵红仕
责任编辑：夏应鹏
策划机构：雅众文化
策划编辑：陈佳晖
特约编辑：陈佳晖
封面设计：方　为
北京联合出版公司出版
（北京市西城区德外大街83号楼9层　100088）
北京联合天畅文化传播公司发行
山东临沂新华印刷物流集团有限责任公司印刷　新华书店经销
字数15千字　1230毫米×880毫米　1/32　2印张
2021年2月第1版　2021年2月第1次印刷
ISBN 978-7-5596-4863-1
定价：38.00元

版权所有，侵权必究
未经许可，不得以任何方式复制或抄袭本书部分或全部内容
本书若有质量问题，请与本公司图书销售中心联系调换。电话：（010）64258472-800